30

Rente

CB045164

Æ

Ateliê Editorial

R. Manoel Pereira Leite, 15 • Granja Viana
CEP 06700-000 • Cotia • SP • Brasil
Telefax (11) 7922-9666

João Bandeira

Rente

Æ

Ateliê Editorial

SECRETARIA DE ESTADO DA CULTURA

Capa
João Bandeira

Projeto gráfico
João Bandeira
Beto Borges

Foto de capa
Maurício Bacellar

Computação gráfica
Alê Rodrigues

Impressão serigráfica
Antonio Katsumi

Agradecimentos
Ali Karakas
Sergio Papi

ISBN 85-85851-15-5

ATELIÊ EDITORIAL
Alameda Cassaquera, 982
São Caetano do Sul - Brasil
09560-110 - Telefax (011) 4220-4896

para Lúcia Riedel

Rente

Entre os múltiplos caminhos das formas poéticas no Brasil, hoje, João Bandeira atua tanto na especificidade do verbal como nas suas virtualidades em direção a outros códigos. Entre a música e o desenho das palavras; sondando seus limites e possibilidades materiais.

Conjugando o trânsito entre registros variados (do tom mais grave ao sotaque coloquial, do quase hai-kai à quase ode, do verso à colagem ready-made, da caligrafia ao tipo expandido no computador, da fragmentação tipográfica de vocábulos ao poema sequencial entre páginas) a uma intensa consciência de linguagem, Bandeira produz uma poesia capaz de síntese, de susto, de densidade.

Uma poesia de pausas. Onde o ar entre as palavras faz atentar para cada sentido que passa à procura de um sentido que passa por outro sentido que. Quase pousa. É assim que leio esse RENTE, onde os cortes rítmico-sintáticos impõem deslocamentos que refratam diferentes significações.

É assim que leio a substantivação do verbo ser em **:** ; a linguagem fazendo o que faz o "véu da noiva" — desfazendo-se, indo caindo até o vale abaixo (em *LÁ*); o sonho ambíguo da lagoa ou da montanha em *A MONTANHA INSONE*; a inserção gradativa do humano na natureza em *MANHÃ*, cujo tom faz lembrar o outro Bandeira, em sua simplicidade complexa; os ecos sinestésicos do "sol" e do "verde", que se tocam e separam através de seus verbos (em *SOL*); o entrelaçamento de oxímoros — rosto/reflexo, "raiva solar"/"contentamento estrelado", "rugas"/"franzir do cenho", "entre-vistas"/"dando na vista" — sintetizados pelo deslocamento da tônica na paronomásia "hábito"/"desabita-o", em *OLHO COM*; os ready-mades visuais, onde o jogo de sensos se faz a partir de um olhar que recorta e transforma os objetos do mundo; o irônico laconismo gráfico das reticências encerrando o volume.

Com caráter acentuadamente melódico, que ressoa, no plano semântico, em sensíveis associações de imagens, João Bandeira produziu um livro claro e enxuto — sem sombras nem sobras. Assim ocorre, por exemplo, em *PARECE MÍNIMO*, onde a equação "compará-la à orquídea" se compacta no termo "compartida", ao passo em que "mínimo" se desdobra em "mim". Ou em *De NOITE*, onde as aliterações reforçam a idéia de vivificação da matéria inanimada. Ou ainda na elaborada rede de rimas internas com dança de tônicas ("oscila", "Cila", "Ávila", "sibila", "pálida") em *QUANDO VOCÊ PASSA*, que traz ao corpo fônico do poema o próprio sibilar referido, presentificando a ação narrada.

É assim que leio, releio, paro, reparo na poesia arejada desse livro, dividido em cinco partes, em cada uma das quais a função poética parece tender mais a uma das outras funções da linguagem, compondo um prisma que explora diferentes soluções formais para se adequar à expressão de cada tema.

Essa interação alcança, por vezes, um alto grau de isomorfismo entre a linguagem e seu referente, como em *LÁ*, onde os fragmentos de palavras "abrindo o vale" perfazem o traçado da cascata; ou como na última parte do livro, mais explicitamente marcada pelo uso de elementos visuais.

Uma linguagem à flor da pele (a flor, a pele)

da linguagem

das coisas.

Arnaldo Antunes

1

o eu é o nó ou nós o é

sem pátria nem parada
a milhas daqui nado
no sobe-desce das
ondas novas — sou Phlebas
sou naïf — ondas velhas

rente à margem
escólio projetando maelstrons
eu, o flexionável

olho com
olho no sem
fundo do espelho

(

rugas entre -
vistas
franzir do cenho
a raiva solar
dando na vista

o contentamento
estrelado em marcas
ao lado dos
lábios
sorrindo
)

o tempo
hábito de opostos
desabita-o

2

quando você passa
a passo vivo e calmo
alma encarnada que oscila
entre Cila e a Santa de
Ávila, langue e doce
minha língua sibila
deixando a puta da vida
ou dama da corte já
à morte no cal da minha
pálida langue d'oc

parece mínimo
compará-la à orquídea

importa a mim
a beleza compartida

passado o repouso
penso
dedicar-lhe linhas
elegias
loas

à toa
pelos
dedos e arrepios
pronto
agarrados de novo

só

desejo

companhia

desejo

só

3

MANHÃ

a neblina
de pouca
sumiu

a portinha
lá longe
se abriu

o bocejo
dela
daqui se ouviu

sol
que soterra

o verde
reverbera

um tange
um berra

aparece

trissa

passa

grinfa

paira

pipila

zinzilula

curva

desapareço

a montanha insone
agasalhada de névoa
a lagoa sonha

lá
vai
o
veio
d'
á
gua
cla
ra
des
faz
en
do
ca
in
do
o
vé
u
da
noi
va
ab
rin
do
o

v a l e

De NOITE

"no hay ternura comparable
a la de acariciar algo que duerme"
O. Girondo

. . . .
o vento
e outras árvores
raspam as costas da casa —
a madeira apara
toques
sem o exato do machado.

4

LÚCIA

Na formosa estação da primavera,
[redacted]
Eu e Lucia corriamos — creanças —
[redacted]
Como um casal de colibris travessos
Nas laranjeiras que o Natal enflora.

Hoje

nesse inverno

franco

digo a

você

a

sangue frio

enfio logo

um

et vous êtes un été

lucífera

lumacho

lucarna

lucena

lúbrica

lucilina

lúcia-lima

lucinha

ludo

luico

lueta

5

ING

ING SHOP PONG SHOP PING

LOTO

CAIXA ECONÔMICA FEDERAL

LOTERIA DE NÚMEROS

01	02	03	04	05	06	07	08	09	10
11	12	13	14	15	16	17	18	19	20
21	22	23	24	25	26	27	28	29	30
31	32	33	34	35	36	37	38	39	40
41	42	43	44	45	46	47	48	49	50
51	52	53	54	55	56	57	58	59	60
61	62	63	64	65	66	67	68	69	70
71	72	73	74	75	76	77	78	79	80
81	82	83	84	85	86	87	88	89	90
91	92	93	94	95	96	97	98	99	00

TOLO

Cartão nº

NÃO ESQUEÇA:

o encerramento das apostas

AU MÉNAGE

MANTEIGA DE PRIMEIRA QUALIDADE
Miramar

SHOP PONG SHOP PING SHOP PONG SH

0

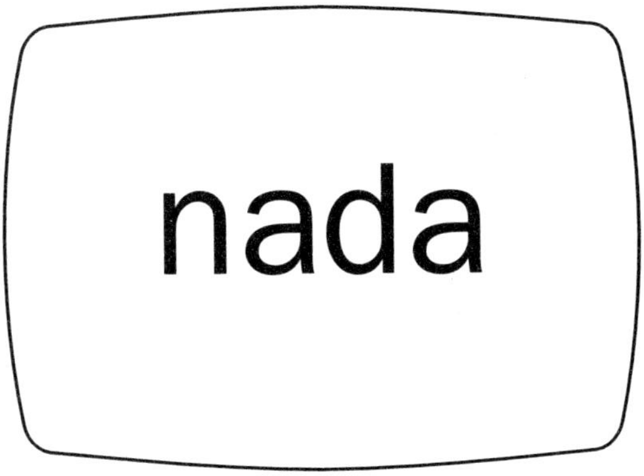
nada

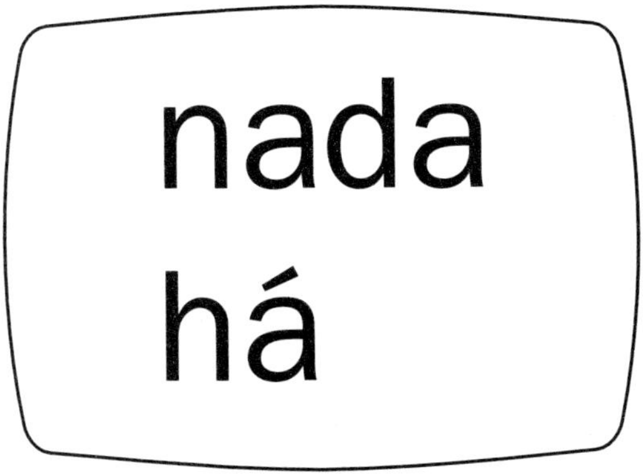
nada
há

isso

nada
haver

nada
de nada

nada
de iso

ver

nada
nisso

nada
disso

de
narc

is

o

ΩΠΟΠΟΙ ΟΙΟΝ ΔΗ ΝΥ ΘΕΟΥΣ ΒΡΟΤΟΙ ΑΙΤΙΟΩΝΤΑΙ

ΕΞ ΗΜΕΩΝ ΓΑΡ ΦΑΣΙ ΚΑΚ ΕΜΜΕΝΑΙ ΟΙ ΔΕ ΚΑΙ ΑΥΤΟΙ

ΣΦΗΙΣΙΝ ΑΤΑΣΘΑΛΙΗΙΣΙΝ ΥΠΕΡ ΜΟΡΟΝ ΑΛΓΕ ΕΧΟΥΣΙΝ

OH NUMES! QUANTO OS MORTAIS A NÓSDEUSESCULPAM

POR MALES QUE ELES DIZEM DE NÓS VINDOS MAS

SEU ORGULHO ALÉM DA CONTA AS DORES ATRAI

Ω ΠΟΠΟΙ ΟΙΟΝ ΔΗ ΝΥ ΘΕΟΥΣ ΒΡΟΤΟΙ ΑΙΤΙΟΩΝΤΑΙ

ΕΞ ΗΜΕΩΝ ΓΑΡ ΦΑΣΙ ΚΑΚ ΕΜΜΕΝΑΙ ΟΙ ΔΕ ΚΑΙ ΑΥΤΟΙ

ΣΦΗΙΣΙΝ ΑΤΑΣΘΑΛΙΗΙΣΙΝ ΥΠΕΡ ΜΟΡΟΝ ΑΛΓΕ ΕΧΟΥΣΙΝ

OH NUMES! QUANTO OS MORTAIS A NÓSDEUSESCULPAM

POR MALES QUE ELES DIZEM DE NÓS VINDOS MAS

SEU ORGULHO ALÉM DA CONTA AS DORES ATRAI

XX

SECVLVM XX

OP PING SHOP PONG SHOP

"(...)"

Notas

quando você passa
cal – no gênero masculino, segundo o *Caldas Aulete*,
é o mesmo que cale: rego numa peça de madeira, parte funda de rio.

passado o repouso
Publicado em *Nicolau*. ano II, nº 17, Curitiba, 1989.

lá
Publicado no *Suplemento Literário de Minas Gerais*. nº 10,
Belo Horizonte, fevereiro, 1996.

LÚCIA
Versos iniciais selecionados de *Lúcia* de Castro Alves
(em *Os Escravos*. São Paulo, Livraria Martins Ed., 1947).
As palavras do poema estão dicionarizadas.
1ª edição: São Paulo, 1984.

:, *LOTO* e *XX*
Publicados no *Atlas/Almanak 88*. São Paulo, 1988.

AU MÉNAGE
Ready-made para Oswald de Andrade.
São Paulo, 1990.
Foto de Ali Karakas.

O
Versão impressa de poema feito para linguagem multimídia.
São Paulo, 1995.

PRINCÍPIO DA POESIA
Versos traduzidos da *Odisséia* de Homero. O texto impresso
em branco (*Od.* I, 32-34) é uma fala de Zeus aos demais deuses
reunidos no Olimpo. O texto em preto (*Od.* VIII, 579-580) é dito por
Alcinoo, rei dos Feaces, que hospeda Odisseus numa de suas paradas
durante a viagem de volta a Ítaca.
Agradecimentos a Mary Lafer, que forneceu uma primeira versão
anotada do texto grego, e também a Paula Corrêa e Omar Khouri.
1ª edição, realizada em serigrafia por Tereza Guedes: São Paulo, 1991.

Impresso em
cuchê 120 gr./m²
pela Gráfica Bartira
com fotolitos de Quadricolor.
São Paulo, 1997.